겨울날

글을 쓴 **배봉기**는 대학과 대학원에서 국문학을 공부했다. 소년중앙문학상과 계몽문학상에 동화가 당선되었고, 희곡과 소설로도 등단하여 활동해 왔다. 작품으로는 창작 동화 『너랑 놀고 싶어』『난 이게 좋아』『나는 나』『새 동생』『실험 가족』 등이 있으며, 그림책『날아라 막내야』에 글을 썼다. 현재 광주대학교 문예창작과 교수로 있다.

그림을 그린 **참다래**는 1979년 서울에서 태어나 홍익대학교 동양학과와 같은 학교 대학원을 졸업했다. 오랫동안 학생들을 가르쳐 왔으며 지금은 프리랜서 일러스트레이터로 활동하고 있다.

 겨울날

기획위원 : 김주연 / 김서정 / 장경렬 / 최윤정

지은이 배봉기 ┃ 그린이 참다래 ┃ 펴낸이 채호기 ┃ 펴낸곳 문학과지성사 ┃ 초판 1쇄 발행 2007년 2월 7일 ┃ 등록번호 제 10-918호(1993. 12. 16) ┃ 주소 서울 마포구 서교동 395-2(121-840) ┃ 전화 338-7224 ┃ 팩스 323-4180(편집), 338-7221(영업) ┃ 홈페이지 www.moonji.com

ISBN 978-89-320-1755-6

편집 문지현 / 디자인 정은경

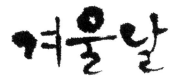

겨울날

배봉기 지음 | 참다래 그림

문학과 지성사
2007

내 머릿속에 깊이 새겨진 기억이 하나 있습니다.

몇 년 전쯤, 텔레비전에서 보았던 화면이 그것입니다. 그 화면은 한 아이가 추운 겨울밤에 밖에서 헤매는 것이었지요.

아이는 추운 날씨에도 불구하고 집에 들어가려고 하지 않았습니다. 가스가 끊어진 집은 차라리 밖보다 더 추웠고, 아빠의 폭력이 무서웠기 때문입니다.

그 장면은 내 마음에 아프게 남았고, 난 쉽게 잊을 수가 없었습니다.

이 동화는 그 한 장면에서 출발하였습니다. 몸과 마음이 함께 너무나 추웠을 그 겨울밤의 아이.

지금도, 그 아이처럼, 어느 곳에서 추워 떨고 있는 아이들이 있을 것입니다.

사실 이 동화책을 읽는 어린이 여러분은 대부분, 추운 겨울밤이면 따뜻한 방 안에 있겠지요. 그래서 더욱 여러분에게 이 이야기가 필요하다는 생각을 해 봅니다.

우리가 따뜻한 방 안에 있을 때, 누군가는 정말 추운 밖에서 떨 수도 있습니다. 옷도 제대로 입지 못하고 말이지요. 그것을 생각할 수 있는 마음의 힘은 매우 소중합니다. 내 자신만 생각하는 좁은 마음을 넘어서서 우리를 생각할 수 있는 힘이니까요. 그리고 그런 힘이 이 세상의 추운 겨울밤을 따뜻하게 만들어 줄 것이기 때문입니다.

우리가 따뜻한 방 안에 있을 때, 밖에서 추워 떨고 있는 아이가 없는 세상. 우리 모두 따뜻함을 나누는 세상. 그런 아름다운 세상을 꿈꾸어 봅니다.

물론 어린이 여러분이 가꾸어 나갈 세상 말이지요.

2007년 2월

배봉기

차례

명희의 오전

용희의 열이 더 올라간 것 같다.

어젯밤 이마를 짚었을 때는 손바닥이 좀 따끈한 느낌이었다. 지금은 뜨거운 느낌이다.

용희는 아직 잠에서 깨어나지 않고 있다.

'약, 약을 먹여야 해!'

손을 내린 명희는 화장대 맨 밑 서랍을 열었다. 안쪽 구석에 돈을 넣어 두는 둥근 사탕 통이 있다.

명희는 통을 꺼내 뚜껑을 돌려 열었다. 천 원짜리 세 장과 백 원짜리 동전 두 개가 들어 있다.

천 원짜리 두 장을 꺼내서 바지 호주머니에 넣었다. 양
말을 찾았지만 쉽게 눈에 띄지 않았다.

'어젯밤 분명히 벗어서 두었는데……'

공처럼 어딘가 구석으로 굴러 들어간 것 같다. 명희는
방바닥에 엎드려 살폈다.

비키니장과 싱크대 밑에도 없고, 밥상으로도 쓰는 앉은

뱅이책상 밑에도 없었다.

밖은 상당히 추울 것 같다. 양말을 신지 않고 나갈 수는 없다. 나머지 양말들은 세탁기 속에 들어가 있다. 일 주일도 넘게 세탁기를 돌리지 않아서 어쩔 수 없다.

'아!'

양말은 줄무늬 담요 밑에 깔려 있었다.

명희는 양말을 신고 녹색 점퍼를 입었다.

문을 열기 전에 용희를 돌아보았다. 여전히 잠에 빠져 있다. 새벽까지 몇 번이나 깨어 울어 대더니 늦잠이 든 것 같다.

기침을 하면서 우는 용희 때문에 명희도 잠을 잘 수 없었다. 늦잠에서 깨어났을 때는 벌써 아홉 시가 넘어 있었다. 학교 갈 시간이 지나 버린 것이다.

일찍 깼어도 어차피 결석을 할 수밖에 없기는 했다. 저렇게 아픈 용희를 두고 학교를 갈 수는 없으니까.

이틀째 용희 때문에 학교를 가지 못했다.

문을 열고 나왔다.

긴 복도는 조용하다. 학교를 가고 출근을 할 시간에는

발자국 소리가 '우두두두두ー' 요란하다.

지금은 그 시간이 훨씬 지나 버린 것이다.

아파트 현관을 나서자 찬바람이 기다렸다는 듯 목덜미에 감겨들었다. 목이 으스스하면서 솜털이 곤두서는 것 같았다.

명희는 목을 움츠리며 호주머니에 손을 넣었다.

"아빠는 아직 안 왔냐?"

빈 음료수 박스를 내놓던 영진 슈퍼 아주머니가 큰 목소리로 물었다. 달려서 지나치려 했는데 그만 눈에 띄고 만 것이다.

"……"

명희는 걸음을 멈추면서 고개를 숙였다.

"참, 너 학교는 왜 안 갔어?"

"동생이 아파요."

명희는 작은 목소리로 대답했다.

아주머니는 알아들었다는 듯 고개를 끄덕였다.

영진 슈퍼 아주머니는 명희를 잘 알고 있다. 다른 아이들처럼 아이스크림이나 음료수 따위만 사러 다닌다면 기억하지 못할지도 모른다. 하지만 명희는 라면뿐 아니라 두부나 무 같은 반찬거리와 간장 고추장까지 사 나르니까 모를 리가 없다.

또 명희 아빠 때문이기도 하다. 엄마 때문이기도 하고. 아빠가 왔냐고 묻는 것은 밀린 외상값을 받기 위해서일 것이다.

찬바람이 슈퍼 앞 아스팔트의 먼지를 말아 올렸다. 아주머니가 몸을 부르르 떨었다.

"으이구 추워라. 어디 가냐? 빨리 가 봐."

"예."

아주머니는 혀를 쯧쯧 차면서 유리문을 밀고 들어갔다.

명희는 발걸음을 옮겼다.

아빠가 오지 않은 지가 열흘이 넘었다. 지난 주말에 오기로 되어 있었다. 그런데 아빠 대신에 어떤 아저씨가 왔다. 토요일 밤 아홉 시가 넘어서였다.

"내가 너희 아빠를 잘 아는 것은 아니고. 아저씨 친구가 너희 아빠와 함께 일하고 있어. 그 친구가 전화로 부탁을 해서 온 거다. 너희 아빠, 며칠 전에 허리를 좀 다치셨대.
허, 참."

어질러진 거실을 둘러보며 혀를 차던 아저씨는 명희를
안심시키려는 듯 말했다.

"하지만, 너무 걱정하지 마라. 곧 괜찮아지시겠지."

아저씨 말로는 아빠는 그 곳 병원에 입원해 있다고 했다.
아빠가 일하는 곳은 서해안의 바닷가다. 그 곳에서 댐을
막는 일을 한다고 했다.

명희네 집 전화가 끊겨서 아빠가 이렇게 부탁을 한 것
같았다. 전화 요금을 못 내서 전화가 끊긴 지가 두 달이
넘는다.

명희는 아파트 단지 앞 도로변에 있는 약국으로 들어갔다.

문을 밀고 들어가니까 따뜻한 바람이 온몸을 휘감았다.
벽 한쪽에 세워진, 에어컨처럼 생긴 하얀 기계에서 뿜어져
나오는 바람이다.

"왜?"

앉아 있던 여자 약사가 일어서며 물었다.

"저어……"

단발머리 약사는 명희를 훑어보았다.

딱 한 번 아빠 속 쓰린 데 먹는 약을 사러 온 적이 있는데, 약사는 명희를 알아보지 못하는 것 같았다. 명희는 약국 앞을 지나다니면서 여러 번 봐서 잘 안다.

약국 주인이 바뀐 지는 한 달쯤밖에 안 된다.

약국 주인이 바뀐 이유는 아파트 단지 안 사람들이 다 알 것이다. 늦은 밤 약국 문을 닫으려고 할 때 강도가 들었다고 했다.

전 주인은 아저씨 약사였는데, 강도와 싸우다가 칼에 찔려 큰 상처를 입었다는 것이다. 그 약사는 아빠 술 깨는 약을 자주 사러 다니던 명희를 잘 알았다.

그 뒤로 한 달 정도 문이 닫혀 있다가 새 주인이 오면서 문을 연 것이다.

"말해 봐."

여전히 안경 안쪽의 작은 눈은 명희를 빤히 바라보고 있다.

명희는 자신의 몸이 조그맣게 오그라드는 것 같은 느낌을 받았다. 그런 느낌이 들면 입이 잘 열리지 않는다.

자신을 보는 저런 눈을 명희는 잘 안다. 약사는 명희가 어느 쪽 단지에 사는 아이인지 살폈을 것이다.

약사가 보일 듯 말 듯 고개를 끄덕였다.

명희는 혀가 굳어 버리는 것 같았다. 하지만 지금은 입을 닫고 고개를 숙여 버릴 수는 없는 일이다.

명희는 마른침을 삼키고 입을 열었다.

"동생이 아파서……"

"어디가 아픈데?"

약사가 눈을 깜박이며 물었다.

"열이 나고, 기침도 하고, 콧물을 흘리고……"

준비했던 말이 더 있는 것 같은데 생각나지 않았다.

용희가 아프기 시작한 것은 그제 밤부터다. 그 날 밤에도 잠을 못 자고 칭얼댔다. 어제 낮에는 조금 나아지는 것 같아서 약을 안 샀는데 밤이 되면서 다시 심해진 것이다.

그 전에는 명희가 사흘 동안이나 아팠다. 명희는 약도 안 먹고 학교도 가면서 참았다.

명희가 괜찮아지니까 용희가 아프기 시작한 것이다. 자기한테서 옮은 것이 틀림없다는 생각을 명희는 했다.

"감기인 모양이네. 몇 살이야?"

"여덟 살요. 1학년."

"일단 하루치 약을 줄 테니까 먹여 봐라. 찬바람 쐬지 말라고 하고."

"얼만가요?"

"약값?"

명희는 고개를 끄덕였다.

"얼마 가져왔는데?"

명희는 손을 펴 내밀었다.

"이천 원……"

약사가 피식 웃었다.

"됐어 그 정도면. 근데 너 학교 안 가니? 몇 학년이야?"

박윤경 선생님

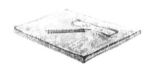

몸을 뒤치며 굴러오던 플라타너스 잎이 발 앞에서 멈췄다. 잎을 굴린 바람이 종아리를 훑고 지나간다.

싸늘하다. 팔뚝에 소름이 돋았다.

3학년 11반 담임인 박윤경 선생님은 벤치에서 일어섰다. 앉아 있으니까 더 추위를 느끼는 것 같았다.

'교실에서 할 걸 그랬나.'

문득 그런 생각이 들었다.

'그러고 보니 12월이잖아.'

오늘은 12월 3일이다. 이제 겨울이 온 것이다. 앞으로는

체육 시간도 교실에서 할 수밖에 없겠구나 하는 생각이 들었다.

박윤경 선생님은 팔짱을 끼고 가볍게 발 운동을 했다. 운동장 한쪽에서 반 아이들이 편을 갈라 피구를 하고 있다.

열심히 공을 피하는 아이, 공을 던져 맞추려는 아이, 자기편을 응원하는 아이들로 꽤 요란하다.

반대쪽 운동장에서도 5학년 아이들이 피구를 하고 있다. 그 아이들의 담임 선생님은 보이지 않는다. 아마 교무실에서 밀린 일을 하고 있는 것 같다.

아이들은 공만 주면 열심히 한다. 신나게 뛰는 아이들을 보면서 박윤경 선생님은 빙그레 미소를 지었다. 좀 춥더라도 운동장에 잘 나왔다는 생각이 들었다.

그 때, 박윤경 선생님의 눈에 한 아이가 들어왔다. 선생님의 입에서 미소가 사라졌다. 이마에 잔주름들이 바람에 밀리는 물살처럼 퍼졌다.

'저 녀석은 왜 또 저래.'

광호다. 응원하는 아이들 뒤로 열 걸음쯤 떨어져서 외톨이로 앉아 있는 아이는 광호가 틀림없다.

광호는 결석이 잦은 아이다. 이번 주에도 월요일부터 사흘 동안 내리 결석을 하다가 오늘 나왔는데 저 꼴이다.

광호는 다른 아이들과 잘 어울리지 못한다.

'시영' 아이들이 대부분 그런 점이 있지만, 광호는 더 심하다. 결석이 잦기 때문이기도 하고, 수줍음이 많은 성격 탓도 있는 것 같다.

광호를 바라보던 박윤경 선생님은 자신도 모르게 고개를 흔들었다.

'정말 어려워.'

'시영' 아이들을 다루기는 정말 어렵다는 생각이 새삼 들었다. '시영'이란 '영세민 전용 시영 아파트'를 줄여서 부르는 말이다. 시영 아파트는 거의 삼십 년 전에 지어졌다고 했다.

일반 아파트에 사는 아이들은 따로 이름을 붙이지는 않는다. 그러나 '시영' 아이들과 구별할 때에는 '일반'이라는 말로 부른다.

일반 아파트 단지가 만들어져 사람들이 입주하기 시작한 것은 오 년쯤 전이라고 한다. 박윤경 선생님은 삼 년 전, 이

학교로 발령 받으면서 일반 단지에 전세를 얻어 들어왔다.

선생님들은 새 학년이 되어서 담임을 맡으면 먼저 하는 일이 있다. 자신이 맡은 반에 시영 아이들이 몇 명이나 되는지, 누구누구인지 알아보는 일이 그것이다.

"특별히 관리하셔야 합니다."

교장 선생님도 시영 아이들을 잘 관리하라고 당부하곤 한다.

3학년 11반은 모두 서른여덟 명이고, 그 중 시영 아이들은 다섯 명이다.

'성옥이, 필수, 영진이, 저기 광호, 그리고…… 명희!'

박윤경 선생님은 속으로 '아―!' 하고 소리쳤다.

명희가 오늘도 결석을 했다는 생각이 번뜩 든 것이다. 어제부터 나오지 않았다.

'무슨 일이 있는 걸까?'

전화가 끊겨서 연락을 할 수도 없다. 아마 전화 요금이 밀려서 끊긴 모양이다. 박윤경 선생님도 잘 안다. 요금 때문에 가스나 전화가 끊기는 것이 시영 아파트에 사는 사람들에게는 별로 특별한 일이 아니라는 것을 말이다.

시영 아이들이 하루나 이틀 결석하는 일은 자주 있다.
많게는 일 주일 이상 나오지 않을 때도 있다.

드물긴 하지만 아무 말 없이 아주 학교를 떠나 버리기도
한다.

하지만, 명희는 거의 결석을 하지 않는 아이다. 1학기
때 한 번, 하루 결석했을 뿐이다. 이번처럼 이틀을 나오지
않은 것은 처음이다.

'퇴근 후에 가 봐야겠지……'

그래야 할 것 같은 생각이 들었다.

박윤경 선생님은 깔깔거리며 뛰는 아이들에게 눈길을 돌렸다. 광호는 여전히 혼자 떨어져 앉아서 흙장난을 하고 있다.

시영 아파트에 사는 아이들과 일반 아파트의 아이들을 서로 잘 어울리게 하려고 노력하지만 쉽지가 않다.

특히 광호처럼 외톨이가 된 아이를 다른 아이들과 섞이게 하는 일은 정말 어렵다.

한 아이가 외톨이가 되었다고 해서 무조건 다른 아이들 탓을 할 수도 없다. 다른 아이들이 드러내 놓고 따돌리거나 괴롭히면 참견을 할 수 있다. 하지만, 그렇지도 않은데 무턱대고 다른 아이들을 나무랄 수는 없는 것이다.

'휴우—.'

박윤경 선생님은 자기도 모르게 한숨을 내쉬었다. 시영 아파트 아이들 때문에 여러 가지로 힘이 드는 것은 사실이다. 아마 대동 초등학교 선생님들 모두가 마찬가지일 것이다.

학습 문제도 그렇고 생활 문제도 그렇다. 일반 아파트

아이들이야 부모가 보살피고 여러 과외 선생님들이 도와
주니까 학교를 벗어나면 신경을 쓰지 않아도 된다.

박윤경 선생님은 학년 초가 될 때마다 한 가지 마음을 먹
는다. 시영 아파트에 사는 아이들에게 신경을 좀 많이 써
야겠다는 것이 그것이다.

하지만 그런 마음을 잘 지키기는 쉽지가 않다. 여러 가
지 바쁜 일들이 밀어닥치는데 따로 신경을 써야 할 때면
피곤하고 짜증이 나기도 한다.

그런 생각들 끝에 문득, 어젯밤에 받은 엄마의 전화 목
소리가 떠올랐다.

"입원한 지가 벌써 며칠이 지났잖냐. 내일은 너희 이모
한테 꼭 들러 봐라. 내가 못 가니까 윤경이 너라도 들여다
봐야지."

엄마 바로 위 언니인 큰이모는 지금 시내 병원에 입원 중
이다. 무릎뼈가 안 좋아서 수술을 했다는 것이다. 엄마 형
제들은 다 뼈가 약한 것 같다. 청주에 사는 엄마도 무릎이
안 좋아서 이모 문병을 못 오는 것이다.

"알았어요. 퇴근하고 저녁에 갈게요."

박윤경 선생님은 그렇게 약속을 했었다.

'어떻게 해야 하나?'

이모가 입원한 시내의 병원까지 갔다 오려면 서너 시간은 걸릴 것이다. 명희네 집을 방문하고 병원까지 들르려면 너무 늦는다.

엄마한테 오늘은 일이 있다고 전화하고 내일 가는 수도 있기는 하다. 그러려면 이모한테도 내일 간다고 전화해야 할 것이다. 엄마가 오늘 간다고 연락해 놓았다고 했으니까.

그렇지만 오늘은 미루고 싶지가 않다. 사실 어제가 병원에 가기로 엄마하고 약속한 날이다. 뉴질랜드로 이민을 가기로 결정한 대학 선배가 갑자기 찾아와서 그만 못 간 것이다.

"선생님!"

아이들이 입을 모아 부르는 소리가 들렸다. 박윤경 선생님은 생각에서 깨어나 고개를 들었다.

흰 공이 통통통통 — 튀면서 굴러오고 있었다.

박윤경 선생님은 허리를 굽혀 옆으로 굴러가는 공을 잡았다.

"두다다다다닥―."

굴러온 공을 따라오는 발자국 소리가 오선지를 뛰어오르는 음표처럼 커졌다. 공을 든 박윤경 선생님은 허리를 펴며 발자국의 주인공을 보았다.

반장 김석민이다. 발갛게 달아오른 석민이의 볼이 잘 익은 사과처럼 보였다.

"주세요, 선생님."

석민이는 씩 웃으며 한 걸음 앞으로 다가왔다. 구김살 없이 밝은 웃음이었다.

"자."

'아, 그러면 되겠다.'

석민이에게 공을 내미는 박윤경 선생님의 머리에 한 가지 생각이 재빠르게 떠올랐다.

명희의 오후

명희는 사탕 통을 열고 돈을 꺼냈다. 천이백 원이 남은 돈 전부다.

명희가 신발을 신는데 용희가 이불 속에 누운 채 고개를 들고 말했다.

"누나 짜파게티 꼭 사 와."

"응, 알았어."

명희는 고개까지 끄덕이며 현관문을 열었다.

용희가 불쌍하다는 생각이 든다. 아파서 꼼짝 못하니까 그런 마음이 드는 것 같다. 자기한테서 감기가 옮았다고 생각하니까 더 그런지도 모른다.

명희는 '아침에 짜파게티를 사다 끓여 줄걸' 하고 생각하면서 계단을 걸어 내려갔다.

아침에는 라면을 하나 끓였다. 약사는 밥을 먹고 약을 먹어야 한다고 했다. 명희도 배가 고파서 용희랑 라면에다 밥을 말아 먹으려고 끓인 것이다. 계란이 두 개 남아 있어서 하나 풀었다.

그런데 라면이 다 익기도 전에 가스가 떨어져 버렸다. 용희는 설익은 라면을 잘 먹으려고 하지 않았다.

국물에 만 밥을 서너 번 먹고는 숟가락을 놓았다.

"이 바보야, 밥을 먹어야 약을 먹을 수 있어."

큰소리를 쳐도 용희는 도리질을 했다.

"조금만 더 먹으라니까."

"싫어. 맛이 없단 말이야."

"억지로라도 먹어야지."

명희는 말을 해 놓고 나니 자기가 꼭 엄마 같다는 생각이 들었다. 자기도 모르게 그런 말을 할 때가 가끔 있다.

용희는 입을 삐죽이며 말대꾸를 했다.

"먹었잖아."

용희는 고집이 보통이 아니다. 아빠가 눈을 부라리기 전에는 어림도 없다.

"이 멍청이……"

명희는 오른손을 들어 올리려다 멈췄다. 용희가 아프다는 생각이 든 것이다.

다른 때 같으면 머리통을 한 대 쥐어박았을 것이다. 그러면 용희는 악을 쓰고 울며 바락바락 대들 것이다.

용희는 결국 고집대로 더는 밥을 안 먹고 그냥 약을 먹었다. 약을 먹고 눕더니 곧 잠이 들어 버렸다.

아마 밥을 안 먹어 힘이 없어서 그런 것 같았다.

잠이 든 용희 옆에 조금 앉아 있는데 슬슬 졸음이 왔다. 새벽까지 용희가 몇 번이나 깨는 바람에 명희도 잠을 설친 것이다.

명희는 용희 옆에 누웠다. 그리고 곧 잠이 들었다가 조금 전 깬 것이다.

영진 슈퍼에 간 명희는 짜파게티 두 개와 라면 하나를 집었다. 점심은 짜파게티지만, 저녁에는 라면을 끓여 밥을 말아 먹어야 한다는 생각에서다.

짜파게티는 국물이 없다. 용희는 기어이 하나를 다 먹으려고 할 것이다. 명희도 하나 먹고 싶었다. 그래서 두 개가 있어야 한다. 라면은 국물에 밥을 말아 먹을 수 있으니까 하나만 있어도 된다.

부탄가스도 한 통 집었다. 가스가 없으면 짜파게티고 라면이고 아무 소용이 없다.

명희는 고른 것들을 계산대로 가져갔다. 아주머니는 계산대 뒤에 서서 맞은편 벽에 설치된 텔레비전을 보고 있었다.

눈길을 계산대로 떨어뜨린 아주머니가 무뚝뚝한 목소리로 물었다.

"가스 끊어졌냐?"

명희는 고개를 끄덕였다.

"언제?"

검은 비닐봉지를 벌리면서 아주머니가 다시 물었다.

"그저께요."

명희의 대답에 아주머니가 '휘유-' 한숨을 쉬었다.

복도에 있는 큰 가스통을 갈아야 하지만 아빠가 안 오니까 그럴 수 없다.

"방 안에서는 가스 조심해 써야 돼. 자, 이천이백 원이다."

아주머니가 비닐봉지를 내밀었다.

명희는 왼손으로 봉지를 받으면서 오른손을 펴서 내밀었다.

돈을 받은 아주머니가 눈살을 찌푸렸다.

"또 외상이야."

명희는 말없이 고개를 숙였다. 이럴 때는 아무 말도 하지 않는 것이 좋다. 어쩔 수 없으니까.

'쯧쯧쯧' 아주머니가 혀를 차는 소리가 들렸다. 양 볼이 화끈 달아올랐다. 명희는 더 머리를 숙였다.

"알았다. 외상값에다 천 원 보태서 적어 놓을 테니까 가져가."

슈퍼를 나오는데 단지 입구로 아이들이 몇 명 들어오는 것이 보였다. 멀어서 얼굴을 알아볼 수는 없었지만 가방을 멘 아이들이다.

그러고 보니 학교가 끝날 때쯤 된 것 같다.

36

명희는 고개를 돌리고 걸음을 빨리 했다. 명희가 아는 애들이면 곤란할 것 같다. 이틀이나 학교를 안 갔으니까 이것저것 귀찮게 물어 올지도 모른다.

아이들을 보니까 학교 생각이 났다. 그리고 뒤이어 담임 선생님의 얼굴이 떠올랐다.

키가 크고 하얀 얼굴에다 생머리가 긴 박윤경 선생님이 금방이라도 눈앞에 나타날 것 같았다. 명희는 걸음을 더 빨리 했다.

3학년 첫날 박윤경 선생님이 교실로 들어오자 아이들은 '와아—'하고 환호성을 질렀다. 멋쟁이로 소문난 선생님 이기 때문이었다.

명희도 선생님이 좋았다. 멋쟁이기도 하지만 마음도 좋은 것 같았다.

사실 박윤경 선생님은 아이들한테 잘했다. 2학년 때 껑 다리 남자 선생님은 화를 잘 내고 손바닥도 자주 때렸는데 박윤경 선생님은 안 그랬다. 화가 날 때도 말로 설명하려 고 했다. 그래서 반 아이들한테 인기도 짱이 되었다.

하지만, 명희는 1학기의 절반이 지나기도 전에 선생님을 좋아하는 것을 그만두기로 했다.

'나는 시영 아이니까.'

그런 마음을 먹기까지 명희가 혼자 입 속으로 수없이 했던 말이다.

차이는 있지만, 반에서 다섯 명인 시영 아파트의 아이들은 선생님에게 골치 덩어리가 될 수밖에 없었다. 시영 아이들은 준비물을 제대로 준비해 가지도 않았고, 급식 당번으로 엄마가 오는 아이들도 없었다. 지각하는 아이, 결석하는 아이는 모두 시영 아이들이었다.

선생님이 아무리 설명해도 잘 알아듣지 못하는 아이도 시영 아이였다. 수업 시간에 떠들다가 걸리는 아이도 대부분 시영 아이들이었다. 그래서 학급 분위기를 안 좋게 하고 수업을 망치는 것도 시영 아이들이었다.

박윤경 선생님은 될 수 있으면 표시를 내지 않으려고 노력하는 것 같았다.

그러나 명희는 알 수 있었다.

선생님 이마의 주름이 깊어지면서 짜증을 꾹꾹 눌러 참고 있다는 것을 말이다.

준비물을 가져오지 않은 시영 아이들, 지각을 하고 결석을 하는 시영 아이들, 설명도 못 알아듣고 떠드는 시영 아이들이 선생님을 점점 더 힘들게 하고 피곤하게 만들고 있다는 것을 말이다.

그런 시영 아이가 선생님을 좋아하고, 또 선생님이 좋아하는 아이가 될 수는 없는 일이라는 것도 명희는 알게 되었다.

명희는 박윤경 선생님을 미워하지 않는다. 선생님을 힘들게 하고 짜증나게 하는 것은 자기들이라는 것을 잘 아니까.

하지만, 그런 생각만 하면 목에 무엇이 걸린 것 같다. 마구 소리를 지르고 싶다. 땅 속으로 꺼지든지 하늘로 날아가든지 하여튼 어디론가 사라져 버리고 싶기도 하다.

명희는 비닐봉지를 움켜쥐고 5층까지 계단을 뛰어 올라갔다. 숨이 가빠 가슴이 터질 것 같았지만 멈추지 않았다.

반장 김석민

"야, 이수미!"

"몰라, 난 네 말 안 들었어."

"선생님이 너하고 같이 가라고 하셨다니까!"

"무슨 말인지 안 들려. 난 네 말 안 들은 거야."

수미는 벌써 복도 저 끝 현관 앞까지 달려가 버렸다. 쫓아가 봐야 소용없다.

'저런 뺀질이. 왕재수. 딱따구리.'

청소가 거의 끝나 갈 때였다. 복도에서 선생님이 불렀다.

"석민아."

“예.”

“잠깐 이리 와 봐.”

석민이는 교실 뒷문으로 나갔다.

“명희가 어제부터 결석한 것 알지?”

석민이가 앞에 가서 서자 선생님이 말했다.

“예.”

“석민아. 그래서 말인데, 네가 명희한테 들러 봐야겠다. 선생님이 오늘 꼭 가 봐야 할 곳이 있어서 말이야.”

선생님은 쪽지를 내밀었다.

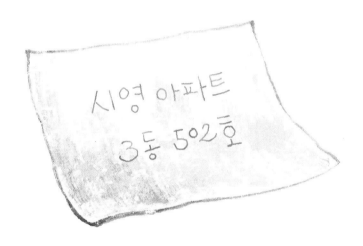

"자, 명희 집 주소야."

석민이는 그 쪽지를 받았다.

'시영 아파트 3동 502호.'

쪽지에 단정한 글씨로 또박또박 적혀 있었다.

"가서 왜 학교에 안 오는지 알아봐. 선생님이 걱정한다고 하고. 응, 수미하고 함께 가. 할 수 있지?"

"예."

"참, 그런데 시간은 되니?"

"예. 과외 끝나고 가면 돼요."

"그래 고맙다."

선생님한테 쪽지를 받아 들고 교실로 들어와 보니 부반장 수미가 보이지 않았다. 자리에 가방이 있는 것을 보니 화장실에 간 것 같았다.

조금 기다리니까 수미가 왔다.

"선생님이 명희네 집에 가 보래. 너랑 같이 가라고 하셨어."

수미 이마에 주름이 살짝 잡혔다.

"나 영어 과외 가야 한단 말이야."

“나도 과외 있어. 끝나고 만나서 가면 되잖아.”

수미 이마의 주름이 더 깊어졌다.

“몰라, 난 네 말 안 들은 거야.”

수미는 후다닥 가방을 챙겨서 복도로 달려 나갔다.

“야, 억지 쓰지 마. 다 들었잖아.”

석민이는 따라 나가며 소리쳤다.

“몰라, 나 간다!”

수미는 그렇게 복도 끝으로 달려가 버렸다.

수미가 사라진 현관 쪽을 보고 서 있던 석민이는 교실로 들어왔다. 그러고는 가방을 메고 복도로 나갔다.

수미는 석민이가 선생님께 이르지 못할 것을 잘 안다. 만약 그러면 고자질쟁이라고 몰아붙일 것이다. 딱따구리 이수미한테 잘못 보이면 정말 골치 아프다.

이제 별수 없다. 논술 과외를 끝내고 혼자 가 보는 수밖에.

석민이는 아파트 엘리베이터를 나오면서 시계를 보았다. 네 시 삼십육 분이다.

“야, 잘 가.”

"그래, 잘 가."

아파트 출입구에서 동주, 희진이와 헤어졌다. 셋이 같이 과외 선생님네 아파트로 가서 논술 과외를 받고 나오는 길이다. 동주와 희진이는 2학년 때 같은 반 친구들이다. 3학년이 되면서는 반이 달라져 학교에서는 거의 만나지 못한다.

손을 흔들고 돌아선 석민이는 호주머니에서 쪽지를 꺼냈다.

'3동 502호.'

시영 아파트를 가려면 단지 입구로 나가서 다시 시영 아파트 단지 입구로 들어가야 한다. 뺑 돌아가야 하는 셈이다.

전에는 석민이네 단지에서 바로 시영으로 넘어갈 수 있었다. 일반 아파트 단지와 시영 아파트 단지 사이에는 철쭉나무 화단만 있었다.

어른 키보다 높은 벽돌담이 생긴 것은 올해 초여름이었다.

작년부터 담을 쌓아야 한다는 말들이 많았다는 것은 석민이도 안다. 물론 석민이네가 사는 일반 아파트 단지에서 하는 말들이었다.

이유는 시영 사람들이 '사고를 많이 친다'는 것이다.

가끔 주차해 둔 차가 망가지는 일이 있었다.

슈퍼에서 도둑을 맞는 일도 있었다.

또 화단의 꽃나무가 뽑혀 없어지는 일도 있었다.

모두 누가 그랬는지는 밝혀지지 않았지만, 시영 어른들이나 아이들이 의심을 받았다. 그래서 담을 쌓자는 이야기들이 나온 것이다.

그러다 올해 봄 사건이 하나 터졌다.

시영에 사는, 고등학교를 중퇴한 형들이 일반 아파트에 사는 고등학교 1학년 형을 붙잡아 돈을 뺏으려고 한 것이다. 밤에 놀이터 뒤쪽에서였다.

고등학교 1학년 형은 돈을 주는 척하다가 냅다 도망쳤다. 그런데 때마침 지하 주차장에서 승용차가 달려나왔고, 승용차에 부딪힌 그 형은 나뒹굴고 말았다.

병원에서 몇 달이나 누워 있어야 할 정도로 큰 사고였다.

그 사고 뒤에 석민이네 아파트 사람들은 자주 회의를 열었다. 그리고 일반 아파트와 시영 아파트 사이에 담이 생긴 것이다.

석민이는 시영 아파트 단지 입구로 들어섰다.

가라앉은 하늘 아래 키 작은 아파트들이 서 있었다. 시영 아파트는 5층까지밖에 없어서 일반 아파트에 비하면 난쟁이처럼 보였다.

부옇게 칠이 바랜 벽, 항아리와 화분 등이 널린 베란다, 쓰레기가 몰린 길모퉁이 등이 보였다. 한눈에도 지저분했다.

시멘트로 땜질한 갈라진 벽은 무너질 것처럼 위태롭게 느껴졌다.

벽에 씌어진 3이라는 숫자를 발견한 석민이는 빠른 걸음으로 걸었다.

찬바람이 얼굴을 때렸다. 단지 옆이 비닐하우스가 있는 벌판이어서 바람이 센 것 같았다.

해도 서쪽 하늘로 많이 기울어져 있었다.

석민이는 장갑 낀 손으로 얼굴을 감싸고 뛰었다. 빨리 심부름을 끝내고 집으로 가고 싶었다.

"삐리리리—, 삐리리리—, 삐리리리—."

'502.'

5층까지 계단을 걸어 올라가 호수를 확인하고 벨을 눌렀다. 세 번이나 벨을 눌러서야 손잡이를 돌리는 소리가 들렸다.

문이 열리자 꼬마 아이가 서 있었다. 막 잠에서 깨어났는지 머리칼이 헝클어져 있었다. 그 아이는 좀 얼떨떨한 얼굴로 석민이를 올려다보았다.

"너 이름이 뭐니?"

석민이가 먼저 입을 열었다.

"용희, 서용희."

아이가 대답했다.

"그럼 네가 명희 동생이야?"

아이는 고개를 끄덕였다.

석민이는 고개를 내밀어 거실을 휘 둘러보았다. 한 마디로 엉망이었다. 옷이나 책들이 제멋대로 뒤섞여 널려 있었다. 싱크대에도 씻지 않는 그릇들이 보였다.

'만약 우리 집이 이 꼴이라면 엄마 눈이 튀어나왔을 거야.'

석민이는 눈을 꼬마 아이에게로 돌리며 물었다.

"명희는 집에 없어?"

"없어."

아이는 석민이를 빤히 쳐다보며 대답했다.

"어디 갔는데."

"몰라."

한숨이 나왔다. 이 아이한테는 더 이상 물어 봐야 소용 없을 것 같았다. 하지만 그냥 돌아설 수는 없었다.

"너 몇 학년이야?"

"1학년."

"너도 결석했냐?"

아이는 머리를 끄덕였다.

석민이는 아이의 눈을 바라보며 또박또박 말했다.

"난 누나네 반 반장 김석민이야. 3학년 11반. 누나가 어제랑 오늘 결석했잖아."

말을 하던 석민이는 왜 결석을 했는지 알아봐야 한다는 생각이 들었다. 이 아이가 알고 있는지 모르지만.

"그런데 누나 왜 결석했냐?"

"내가 아파서."

아이는 이번에도 짧게 대답했다.

석민이는 고개를 끄덕였다. 내일 선생님한테 할 말이 있어서 마음이 좀 놓였다.

"우리 선생님이 네 누나 왜 결석했는지 알아보라고 해서 온 거야. 선생님이 오려고 했는데 바빠서 못 오셨어. 내일은 꼭 학교에 오라고 전해 줘. 내가 왔다 갔다고 하고."

아이는 고개를 끄덕였다.

석민이는 몸을 돌려 나왔다. 등 뒤에서 철문이 닫히는 소리가 들렸다.

올라올 때는 못 본 것 같은데, 내려가면서 보니까 칠이 벗겨져 나간 벽, 구석구석 먼지가 쌓인 계단이 너무 지저분했다.

석민이는 인상을 쓰면서 걸어 내려왔다. 하지만 마음은 가벼웠다.

명희를 만나지는 못했지만, 선생님 심부름은 제대로 한 것이니까.

명희의 저녁

'김석민!'

하마터면 소리 내어 부를 뻔했다. 반 아이를 본 순간, 명희는 자기도 모르게 이름을 부르려 했다.

세탁소 모퉁이를 돌아 나오는데 저만큼 앞에서 걸어가는 석민이가 눈에 띈 것이다.

명희는 '아차' 하면서 입을 다물었다. 명희는 석민이와 마주치고 싶지 않았다.

석민이가 싫은 것은 아니다. 반장인 석민이는 성격이 좋은 아이다. 그래서 아이들에게 인기가 많은 편이었다.

명희도 석민이를 나쁘게 생각하지 않는다.

하지만 이틀이나 결석을 했는데 반 아이를 만나는 것은 내키지 않는다. 다른 이유도 있다. 교실도 아니고, 이렇게 자기네 단지 안에서 저쪽 단지 아이를 만나는 것이 웬일인지 싫다.

멍하니 멈춰 서서 바라보는 사이, 석민이는 빠르게 뛰어갔다. 어느새 단지 입구까지 멀어졌다. 석민이의 등이 흐릿하게 보이더니 짙어지기 시작한 어둠 속으로 사라졌다.

'쟤가 무슨 일일까?'

명희는 발길을 돌리며 생각했다. 무슨 일로 명희네 단지에 왔는지 알 수가 없었다.

'혹시 나 때문에……'

몇 걸음 걸어가는데 문득 그런 생각이 들었다. 학교를 이틀이나 결석했으니까 알아보러 왔는지 모른다.

어쩌면 선생님이 보냈는지 모른다. 박윤경 선생님의 하얀 얼굴이 떠오른다.

'선생님이 보냈을까? 무슨 말을 하라고 했을까?'

갑자기 궁금해진다.

조금 전 만났더라면 알 수 있었을 것이다. 약수터에서 조금만 일찍 내려왔더라면 석민이와 마주쳤을 것이다.

점심때 짜파게티를 먹고 난 뒤 용희에게 감기약을 먹였다. 누운 지 얼마 되지도 않아서 눈을 끔뻑거리더니 잠이 들고 말았다.

명희도 용희 옆에 누워서 잠을 잤다.

아빠가 집에 온 꿈을 꾸다가 깨어났다. 아빠가 건강한 모습으로 현관문을 들어서는 꿈이었다. 명희랑 용희가 좋아하는 피자를 큰 것으로 한 판 들고서.

너무 좋아서 뛰다가 잠이 깨 버렸다.

한참 동안 멍하니 앉아 있다 벽시계를 보니 세 시 삼십이 분이었다. 저녁이 되려면 아직도 시간이 많이 남았다.

명희는 일어나서 양말을 신고 점퍼를 입었다. 약수터가 있는 단지 뒷산에 갈 생각이었다.

명희는 그 곳을 좋아한다.

명희는 세탁소 옆길로 빠져 나와 뒷산이 시작되는 오솔길로 접어들었다. 길은 가파르지 않다. 키 작은 소나무가 듬성듬성한 산도 펑퍼짐한 야산이다.

산 중턱에는 철봉 같은 운동 기구도 몇 가지 있다. 조금 더 올라가면 약수터가 있다. 약수터 뒤쪽은 제법 큰 떡갈 나무가 우뚝우뚝 서 있는 풀밭이다.

풀밭에는 두세 사람이 앉을 수 있는 바위도 여기저기 놓여 있다.

명희가 좋아하는 장소가 바로 이 곳이다. 이 곳에는 명희 혼자만 아는 비밀도 있다.

명희가 이름을 붙여 준 '거북 바위'.

엄청 큰 거북처럼 생긴 녀석이다.

명희는 자주 여기에 와서 거북 바위에 앉아 시간을 보내곤 한다.

생각 때문이다.

거북 바위에 앉아서 단지를 내려다보고 있으면 약수터의 샘에 고여 오는 샘물처럼 생각이 차오른다.

그건 뭐라고 말하기 어렵다. 마음속에 생각이 고여 오는 느낌 말이다. 차갑고 시린 샘물처럼 마음이 아프기도 하고 가슴이 저릿저릿한 느낌이 들기도 한다.

하지만 그 느낌은 싫지 않다. 아니, 명희는 그 느낌 속에

58

서는 다른 걱정들을 잊을 수 있다. 그러니까 명희가 이 곳에 자주 오는 것은 그 느낌 때문이다.

엄마에 대한 기억들이 불러오는 느낌.

이 곳은 명희네 가족이 자주 왔던 곳이다.

따뜻한 봄날 일요일에는 김밥을 싸 들고 소풍을 왔다.

여름에는 평평한 바위 위에 버너를 놓고 닭죽을 끓여 먹기도 했다. 또 수박을 한 통 사 들고 와서 시원한 바람을 쐬면서 먹는 맛도 그만이었다.

가을밤에는 별을 보기도 했다.

그러나 그런 날들은 더 이상 오지 않을 것이다.

엄마가 죽고 없으니까.

명희는 거북 바위 위로 올라가 웅크려 앉았다. 청설모한 마리가 떡갈나무 가지 위로 달려 올라갔다.

밤에 식당 일을 마치고 오던 엄마는 단지 앞 도로에서 큰 교통사고를 당했다. 엄마를 친 차는 달아나 버렸다. 뺑소니 사고였다.

병원에 실려 간 엄마는 눈도 뜨지 못하고 숨도 산소 호흡기로 쉬었다.

명희가 1학년이 된 해 9월이었다.

아빠는 다니던 공장을 그만둘 수밖에 없었다. 병원에 입원한 엄마 간호를 해야 했고, 뺑소니차도 잡아야 했다. 그차를 찾지 못하면 엄마 병원비도 받을 수 없다고 했다.

눈에 핏발이 선 아빠가 전단을 들고 거리를 헤맸지만, 뺑소니차는 잡을 수 없었다.

엄마는 두 달 만에 죽고 말았다.

엄마가 죽고 난 뒤 아빠는 한 달이나 앓았다. 영진 슈퍼 아주머니는 너무 충격이 커서 그럴 거라고 했다.

"멀쩡하던 사람이 그렇게 가고, 치료비도 한 푼 못 받게 됐으니……"

앓고 난 뒤 아빠는 공사장에 일을 하러 다니기 시작했다. 다시 공장에는 돌아갈 수 없다고 했다.

그리고 아빠는 그 때 몸이 약해졌는지 그 후로는 자주 아프곤 한다. 엄마가 죽고 나서는 술도 많이 마신다.

일이 힘들고 술을 많이 마시니까 더 몸이 아픈 것도 같다.

그 때 일은 다시 생각하는 것만도 정말 힘들다.

마치 꼼짝도 할 수 없게 붙잡혀서 무섭고 끔찍한 영화를 보는 것 같았다. 붕대로 얼굴을 감고 누워 있던 엄마도, 장례식장에서 정신없이 울부짖던 아빠도 영화 속 장면 같았다.

명희는 눈물도 나오지 않았다.

명희가 운 것은 혼자 이 바위에 와서였다. 엄마의 장례가 끝나고 며칠이 지나서였다.

바위에 앉아 엄마를 생각하니까, 자기도 모르게 눈물이 흘러나왔다. 처음에는 조용히 눈물을 흘렸다. 그러다가 눈

62

물이 마구 쏟아져서 엄마를 부르며 엉엉 울었다.

그 뒤에도 이 곳에 와서 몇 번 울었지만, 지금은 울지 않는다.

가만히 앉아서 생각을 하다 내려갈 뿐이다.

이렇게 거북 바위에 앉아 엄마가 살아 있을 때의 생각에 빠져 있으면 꼭 엄마가 어딘가에 있는 것 같은 느낌이 든다. 보이지는 않지만, 어디에서 지그시 바라보는 것만 같다.

그러면 따뜻한 물 속에 아늑하게 들어가 있는 것 같다.

"누나네 반 반장 형이 왔다 갔어."

문을 열어 준 용희가 말했다.

'역시 나한테 왔다 가는 거였구나.'

명희는 신발을 벗고 들어갔다.

"왜 결석했냐면서 내일은 꼭 학교에 오래. 선생님이 갔다 오라고 했대."

박윤경 선생님의 얼굴이 떠올랐다 사라졌다.

"그래서 뭐라 그랬어?"

"내가 아파서 못 갔다고 했어."

명희는 고개를 끄덕이며 용희의 얼굴을 들여다보았다.

많이 나은 것 같다.

"이제 좀 괜찮아?"

"응. 별로 안 아파."

다행이라는 생각이 들었다.

'내일은 학교에 가야지.'

"배고프지?"

사실 명희도 배가 고팠다.

"응, 좀."

"알았어. 라면 끓여서 밥 말아 먹자. 조금만 기다려."

명희는 말을 하면서 자기 목소리가 어른스럽다는 생각을 했다. 용희한테 말할 때는 엄마 같은 느낌이 드니까 목소리도 그렇게 되는 것 같다.

"아이구, 우리 명희는 어른스럽기도 하지."

냄비를 씻으려고 싱크대로 가는데 문득 복지사 언니 생각이 났다. 머리를 질끈 묶은 얼굴이 함께 떠올랐다.

"씩씩한 우리 명희!"

복지사 언니는 명희의 머리칼을 마구 흩트리면서 활짝

웃곤 했다.

　'언니!'

　언니가 보고 싶다.

　시원한 사이다를 마셨을 때처럼, 보고 싶은 마음이 가슴 가득 싸아― 퍼졌다.

　오늘은 언니가 꼭 올 것 같다.

사회 복지사 한미선 씨

"미선 씨 퇴근 안 해?"

책상 앞을 지나가던 선배 언니가 책꽂이를 툭 치며 말했다.

"저, 이거 마저 정리하고요."

사회 복지사 한미선 씨는 고개를 들어 웃으면서 대답했다.

"좀 쉬어 가면서 해라. 그러다 병나."

"알았어요."

"그럼 나 먼저 나간다."

"예, 내일 봬요."

가방을 멘 선배 언니는 빠른 걸음으로 출입문 쪽으로 걸어갔다. 유리 출입문 밖에는 이미 짙은 어둠이 가득 들어차 있었다.

사무실 흰 벽에 걸린 시계를 보니 일곱 시가 넘은 시각이었다.

한미선 씨는 볼펜을 놓고 양 손을 깍지 끼어서 목뒤를 받쳐 몇 차례 목 운동을 했다. 뻣뻣한 느낌이었던 목이 좀 풀리는 것 같았다.

한미선 씨는 다시 볼펜을 쥐고 서류로 눈길을 떨어뜨렸다. 두 장만 더 정리하면 오늘 상담 일지는 끝이 난다.

'빨리 해야지.'

한미선 씨는 빠른 손놀림으로 쓰기 시작했다.

사실 마음이 급했다. 오늘 들를 곳이 한 군데 더 있기 때문이다.

상담 일지를 다 쓴 한미선 씨가 구청 사회 복지 사무실을 나선 것은 일곱 시 삼십 분이 조금 지나서였다.

사무실을 나서자 싸늘한 바람이 목덜미를 파고들었다.

"으이, 추워!"

한미선 씨는 반코트의 목깃을 세워서 왼손으로 감싸 쥐었다. 종종걸음으로 구청 앞 횡단보도를 지나 버스 정류장으로 갔다.

헤드라이트를 내쏘는 버스들이 달려올 때마다 찬바람이 몰아쳐 왔다. 갑자기 추워진 것 같았다.

'눈이 오려나.'

날씨가 추워서 그런지 배가 더 고픈 것 같고, 다리에 힘이 빠진다. 곧바로 집으로 가서 따뜻한 물로 씻고 밥을 먹고 싶다.

하지만 오늘은 꼭 들러야 할 곳이 있다.

어제도 가려고 했지만, 혼자 사는 할머니가 갑자기 쓰러지는 바람에 시간을 낼 수가 없었다. 할머니를 병원으로 옮긴 후, 연락을 받은 할머니 딸이 나타났을 때는 밤 열한 시가 넘었다. 너무 늦은 시간이어서 갈 수가 없었다.

마침내 기다리던 버스가 왔다.

버스에 올라타니 후끈한 바람이 얼굴을 감쌌다. 버스는 한산한 편이었다. 한미선 씨는 중간의 빈자리를 찾아 앉았다.

몸이 스르르 풀리는 것 같았다. 근육이 뭉쳐서 당기던 종아리도 아프지 않았다.

'가는 길이라서 다행이야.'

오늘 마지막으로 방문하려는 곳은 집으로 가는 중간에 있다.

이 버스로 다섯 정거장을 가서 내리면 된다. 방문하고 나와서 다시 같은 번호의 버스를 타고 다섯 정거장을 더 가면 집 앞이 되는 것이다.

몸이 풀리면서 마음도 편안해지는 느낌이 들었다. 그래서인지 슬며시 눈꺼풀이 내려오려고 했다.

한미선 씨는 고개를 흔들고 창 쪽으로 머리를 돌렸다.

그 때, 뭔가 코밑으로 간지러운 느낌이 스르르 흘렀다.

'응?'

툭, 바지 위로 방울이 져서 떨어졌다.

'코피?'

코피였다.

투둑, 다시 두어 방울이 바지 위에 떨어졌다.

한미선 씨는 급하게 가방을 열어서 손수건을 꺼내 코를

막았다.

한 손으로 코를 막은 채 다른 손으로는 휴지를 꺼내 바지를 문질렀다. 청바지라서 다행이라는 생각이 들었다. 얼룩이 눈에 잘 띄지 않을 테니까.

코피는 쉽게 멈추지 않았다.

이렇게 갑자기 코피가 터진 것이 처음은 아니다.

봄부터 시작해서 다섯 번째다. 어떤 때는 가파른 골목길을 올라가다가 그럴 때도 있고, 집에 가서 세수를 하다가 그럴 때도 있다. 잠을 자는데 코피가 터져 이불을 버린 적도 있다.

사무실의 선배들은 '일 병'이라고 했다. 너무 많은 일을 하다 보니까 몸이 견디지 못해서 아프다는 신호를 그렇게 보낸다는 것이다.

사실 일이 많기는 하다. 한미선 씨도 담당 가정이 오백스물여섯 가구나 된다. 그 많은 곳을 방문하고 힘든 사람들을 돌봐야 하니 하루가 어떻게 가는지 모를 정도다.

아침부터 어두워질 때까지 허겁지겁 뛰어도 항상 아쉬움과 안타까움이 남는다.

가 봐야 할 곳을 못 가 본 것 같은 아쉬움. 자신이 안 가면 무슨 일이 있을 것 같은 안타까움.

"아무리 바빠도 몸을 돌보면서 해. 처음이라서 마음이 바쁘겠지만."

사무실의 선배들 말대로, 올봄 구청 사회 복지사로 첫 발령을 받은 한미선 씨는 항상 마음이 바쁘다.

버스가 네 번째 정류장을 출발할 때까지 코피는 멈추지 않았다. 손수건이 벌써 축축하다. 오늘은 더 심한 것 같다.

'어떻게 해야 하나……'

그 아파트에 들르려면 다음 정류장에 내려야 한다. 하지만, 이렇게 코피가 흐르는데 가는 것은 무리일 것 같다.

버스가 다섯 번째 정류장에 도착했다.

여전히 코피는 멈추지 않는다. 한미선 씨는 내리지 못했다.

한 사람이 올라타고 버스는 출발했다.

'오늘은 꼭 가 보려고 했는데.'

아무래도 내일로 미뤄야 할 것 같다.

오늘 퇴근길에 들르려고 했던 곳은 복지사가 돌봐야 하

는 가정은 아니다. 그러니까 물론 한미선 씨의 담당이 아
니다.

구청 사회 복지사가 돌보는 가정은 돌봐 줄 사람이 없는
노인이나, 부모가 없는 소년 소녀가 가장인 가정처럼 정해
져 있다.

명희네 집은 아빠가 있다. 아빠가 공사장을 찾아다니면
서 거의 집을 비우니까 명희가 소녀 가장이나 다름없지만.

한미선 씨가 명희를 만난 것은 지난 초여름이었다.

그 때 한미선 씨는 시영 아파트에 혼자 사는 할아버지 할

머니들을 조사하려고 왔던 길이었다.

조사를 마치고 돌아가는 길이었다. 목이 마르고 더워서 음료수를 하나 사 마시려고 슈퍼로 갔다.

슈퍼로 들어가려는데 한 여자 아이가 나왔다. 여자 아이의 손에는 검은 비닐 봉지가 들려 있었다.

봉지 위로 북어 꼬리가 삐죽이 나와 있었다. 축 늘어진 대파 줄기와 빨간 라면 봉지 귀퉁이도 보였다.

아이는 고개를 숙이고 힘없는 걸음걸이로 걸어갔다.

한미선 씨는 그 아이가 모퉁이를 돌아 보이지 않을 때까

지 뒷모습을 지켜보았다. 무언가에 맞은 것처럼 가슴이 먹먹하게 아픈 느낌이었다.

목이 꽉 잠기면서 눈자위가 바르르 떨렸다.

'아이가 북어국을 끓이려는 모양이네. 지난밤에 아빠가 술을 너무 많이 마셨겠지. 엄마가 없으니 저 작은 아이가 국을 끓이려는 거겠지.'

한미선 씨는 아이의 뒷모습에서 어릴 때의 자기 모습을 보았다.

병이 들어 일찍 돌아가신 어머니. 술주정이 심했던 아버지. 한미선 씨는 초등학교 때부터 동생 둘의 엄마 역할까지 해야 했다.

빨래를 하고, 밥을 하고, 찌개를 끓이고…… 해도 해도 일은 정말 끝이 없었다.

겨우 겨우 야간 대학에 들어가 학교를 마칠 때까지 정말 너무나 힘든 시간을 보냈다.

'저 아이도 그렇게 힘든 날들을 보내고 있을 거야.'

아이의 뒷모습을 지켜보던 한미선 씨의 눈앞이 부옇게 흐려졌다.

눈을 손등으로 문지르고 숨을 고른 한미선 씨는 슈퍼로 들어갔다.

사이다를 사 마시면서 조금 전 나간 아이에 대해 물어 보았다.

슈퍼 아주머니는 한숨을 섞어 말했다.

"아, 명희 가 말이제. 아이고, 또 외상이네. 몸도 안 좋은 사람이 술을 그렇게 먹어 대니. 명희 가네 아비 말이지. 쯧쯧쯧, 하기야 술을 안 먹고 어떻게 견디랴 싶기도 하지만. 저 어린것이 북어로 해장국 끓여 준다네. 아이고, 어른스럽기도 하지."

이어진 슈퍼 아주머니의 말에 따르면 명희 엄마는 뺑소니차에 치여 죽고 말았다고 했다. 수술비와 입원비까지 받을 길이 없어 명희네는 빚까지 꽤나 지고 만 것 같았다.

"명희 아비 그 사람, 원래는 착실한 사람이었는데, 마누라 죽고 빚까지 지고 나니 제정신이 아니었을 거여. 일을 다닌다고 하지만, 몸도 약하고 술까지 먹어 대니 빠지는 날이 하루 이틀이어야지. 요새는 그래도 좀 정신을 차려서 지방까지 일을 다니는 모양이야. 하지만 쉽게 돈이 벌리겠

어."

다음 날 한미선 씨는 퇴근하는 길에 과자와 음료수를 사서 그 집을 방문했다. 아빠는 포항으로 일하러 갔다고 하고 명희와 용희라는 남동생만 있었다.

그 뒤로 거의 일 주일에 한 번 꼴로 퇴근하는 길에 들러 보고는 했다.

이번 주 화요일에 가 보고 오늘이 금요일이니까 며칠 지나지 않았다. 그러나 이번은 다른 때와 다르다.

겨우 코피가 멈췄다. 이제 다음 정류장에 내리면 집이다.

'들렀어야 했는데……'

등 뒤에서 누가 자꾸만 부르고 있는 느낌이었다.

"아빠가 입원을 했대요. 허리를 다쳤대요."

화요일 밤에 갔을 때 명희한테 들은 말이다. 지난 토요일에 온다던 아빠가 못 왔다고 했다. 명희네 아빠는 서해안 쪽에서 벌어진 댐 공사 현장에 갔다는 것이다.

아빠가 와야 생활비를 받을 텐데 당장 힘들 것이었다. 마침 지갑에는 달랑 오천 원짜리 한 장과 천 원짜리 두 장이 있었다. 그것을 털어 주고 왔다.

다음 날, 명희네 아빠가 일하는 곳의 시청 복지과에 있는 대학 친구한테 전화를 했다. 명희네 아빠 이름을 대고 얼마나 다쳤는지 좀 알아봐 달라고 했다.

어제 오전에 전화가 왔다. 상당히 많이 다쳐서 한 달 이상은 입원해 있어야 한다는 것이다.

그래서 어제 꼭 가 보려고 했는데 그만 일이 생겨 버린 것이다.

그리고 오늘도 또 이렇게 되고 말았다.

명희한테 그런 나쁜 소식을 그대로 전해 줄 수는 없는 일이다. 아무리 어른스럽다고 해도 이제 겨우 3학년이다.

'명희네 아빠가 이번 주에도, 또 다음 주에도 못 온다면……'

한미선 씨도 어떻게 하면 좋을지 알 수 없었다. 아이들은 생활비도 없고, 마음도 자꾸만 불안해질 것이다.

'내일은 꼭 들러 봐야지.'

사회 복지사 한미선 씨는 버스에서 내리면서 다짐했다.

휘이익—.

날카로운 겨울바람이 얼굴을 스치고 지나갔다.

명희의 밤

　용희는 라면에 만 밥을 냄비 바닥까지 긁어서 깨끗이 먹어 치웠다. 명희보다 두 배는 먹는 것 같았다.

　다른 때 같았으면 "이 꿀돼지" 하고 놀렸을 것이다. 하지만 오늘은 다행이라는 생각이 들었다.

　내일까지 아프면 학교도 못 가고, 또 약값도 없다.

　"자, 약 먹어."

　명희는 약 봉투에서 남은 약 한 봉지를 꺼내 내밀었다.

　"다 나았어. 안 먹을 거야."

　"이리 와 봐."

이마를 짚어 보았다. 아직도 열이 조금 있는 것 같다.

"열이 있어. 먹으라니까."

"알았어. 이따가. 지금 배부르단 말이야."

"이따 꼭 먹어."

"알았다니까."

명희는 싱크대로 가서 설거지를 시작했다. 설거지라야 별로 할 것도 없었다. 반찬을 안 먹으니까 냄비하고 그릇 두 개만 씻으면 된다.

올봄까지는 의정부에 사는 큰이모가 반찬을 해 가지고 오곤 했다. 거의 한 달에 한 번꼴로 김치랑 마늘장아찌를 해다 주었다.

그 때는 맛있게 먹었는데 지금은 이모가 못 온다. 큰 배 만드는 일을 하는 아들을 따라서 거제도로 갔기 때문이다.

설거지를 끝내고 텔레비전을 보았다. 채널을 돌려 봐도 재미있는 프로가 없었다.

시계를 보니까, 여덟 시가 넘은 시각이었다.

'복지사 언니가 곧 다시 온다고 했는데……'

갑자기 낮에 꾼 꿈이 생각났다. 건강한 모습의 아빠가

현관문을 들어서는 꿈.

어쩌면 아빠는 오늘 밤에 올지도 모른다. 허리만 나았으면 올 것 같다. 토요일 날 못 왔으니까.

그런 생각을 하니까 정말 복지사 언니랑 아빠가 올 것 같았다. 두 사람 다는 아니더라도, 아빠와 언니 중 한 사람은 꼭 올 것 같았다.

그 생각을 하자 가슴이 벅차올랐다.

명희는 벌떡 일어났다. 못에 걸린 점퍼를 내려서 팔을 꿰었다. 용희가 눈을 크게 뜨고 올려다보았다.

"어디 가?"

"복지사 언니 오나 보려고. 넌 여기 있어."

"싫어. 나도 갈 거야."

"넌 감기 걸렸잖아."

"다 나았다니까."

"약도 안 먹었잖아."

"지금 먹으면 되잖아."

용희는 주저앉아서 재빨리 약 봉지를 찢어 입 안에 털어 넣고 벌컥벌컥 물을 마셨다.

"자, 됐지?

"그래도 넌 집에 있어. 또 아프면 안 돼."

"몰라, 나도 그 누나 오는지 보러 갈 거란 말이야!"

용희는 울상이 되었다. 할 수 없다. 안 데려가면 울면서 떼를 쓸 테니까.

"그럼 옷 잘 입어."

"알았어."

용희는 금방 웃으며 점퍼를 입었다. 명희는 용희의 장갑을 챙겨 주고 목도리로 꼭꼭 싸매 주었다.

"가, 누나."

"알았어."

명희와 용희는 손을 잡고 어두운 계단을 조심스럽게 내려왔다.

아파트 입구를 나오면서 명희가 말했다.

"어쩌면 아빠도 올지 몰라."

"아빠도!"

용희가 큰 소리로 말했다.

"그래, 토요일 날 못 오셨으니까 오늘은 올지도 몰라."

"야아!"

용희가 팔짝 뛰었다.

명희와 용희는 놀이터로 걸어갔다.

가면서 명희는 낮에 꾼 꿈 이야기를 해 주었다. 아빠가 큰 피자를 들고 현관문을 들어서던 꿈. 용희는 "정말 그랬어?" "그랬어?" 하면서 신나 했다.

놀이터는 단지 입구 안쪽에 있다. 도로 바로 옆이어서

아파트로 누가 들어오는지 잘 살펴볼 수 있다.

　용희는 기억을 못 하지만, 명희는 기억한다. 이 놀이터
에서 엄마와 함께 아빠를 기다렸던 일들을 말이다.

　그네에 앉아서 아파트 도로를 보고 있으면 어둠 저쪽에
서 아빠가 가로등 불빛 밑으로 성큼성큼 걸어오곤 했다.

　명희네 단지 놀이터는 시설이 별로다. 그네 두 개, 시소

두 개, 정글짐 하나가 전부다.

명희와 용희는 그네에 나란히 앉았다. 엄마랑도 그네에 나란히 앉아 있었던 생각이 났다. 용희는 모래 장난을 하고.

단지 입구로는 가끔 자동차가 들어오고 목을 잔뜩 웅크린 사람들이 걸어 들어왔다.

명희와 용희는 눈을 크게 뜨고 단지로 들어오는 사람들을 살폈다. 복지사 누나나 아빠는 둘 다 걸어올 거니까 자동차는 신경 쓰지 않아도 된다.

시간이 꽤나 흐른 것 같다.

누나도 아빠도 오지 않는다.

찬바람이 획 몰아쳤다.

용희가 몸을 부르르 떨었다.

"추워?"

"조금. 하지만 괜찮아."

용희는 고개를 끄덕였다가 다시 흔들었다. 혼자 집으로 가라고 할까 봐서 그럴 것이다.

명희도 추웠다. 하지만 집으로 가고 싶지는 않았다.

용희는 두 손을 가슴에 붙이고 다람쥐처럼 몸을 웅크렸다.

명희도 무릎을 오그려 붙였다.

조금 덜 추운 것 같았다.

한 남자 어른이 단지 입구로 걸어 들어왔다. 어두워서 얼굴을 알아볼 수는 없었다. 그 사람은 놀이터 쪽으로 휘청휘청 걸어왔다.

명희와 용희는 함께 일어났다.

아빠가 아니었다. 어떤 아저씨였다.

아저씨는 술에 취한 것 같았다. 담배를 꺼내 불을 붙이던 아저씨는 명희와 용희를 보고 깜짝 놀랐다.

"아니, 너희들 이 추운 데서 뭐 하고 있어, 엉?"

"누나랑 아빠 기다려요."

용희가 제법 씩씩한 목소리로 대답했다.

아저씨는 담배 연기를 내뿜었다.

"그래도 집에서 기다려야지. 집에 가거라."

"조금만 더 있다 갈래요."

명희가 대답했다.

"허, 녀석들. 춥지도 않나. 조금만 있다가 들어가."

"예."

"네."

"그럼 아저씬 간다."

아저씨는 휘청휘청 걸어서 멀어져 갔다.

다시 명희와 용희는 나란히 그네에 앉았다.

'몇 시쯤 됐을까? 아홉 시? 열 시?'

명희는 용희를 돌아보며 물었다.

"용희야, 그만 들어갈까?"

"쪼끔만 더 기다리자."

사실 명희도 그럴 생각이었다.

"그래. 그러자."

명희와 용희는 한참 동안 더 그렇게 앉아 있었다.

그 사이 단지 안으로 차가 몇 대 들어오고 몇 사람이 빠른 걸음으로 들어왔다.

'어쩌면 오늘 못 올지도 몰라, 아빠랑 언니 모두.'

그런 생각을 하자 찬바람이 스윽— 가슴속으로 불어오는 것 같았다. 명희는 고개를 숙이면서 두 팔로 가슴을 꼭꼭 감쌌다. 용희도 머리를 무릎으로 끌어당겨 몸을 더 조그맣게 만들었다.

"너희들 거기서 뭐 해?"

그 목소리에 명희와 용희는 고개를 들었다. 놀이터 앞

도로에서 한 아주머니가 이쪽을 보고 서 있었다.

아주머니는 놀이터로 걸어왔다. 한 손에는 제법 큰 손가방을, 다른 손에는 검은 비닐봉지를 들고 있었다.

"이리 추운데 뭐 하고 있어?"

그네 앞까지 와서 아주머니가 다시 물었다.

명희는 아빠와 언니를 기다린다고 말해 주었다. 이번에 용희는 가만히 있었다.

"왜 이렇게 늦으신다니?"

명희는 대답을 하지 않았다. 대답할 수 없었다.

"조금만 기다리다 들어가라."

"예."

"아, 참."

돌아서서 가려던 아주머니가 몸을 돌렸다. 그리고 가방을 팔에 걸친 후 검은 비닐봉지를 열었다.

"자, 이것 하나씩 먹어라. 요 앞에서 금방 산 거니까 따뜻할 거야."

아주머니가 꺼낸 것은 호빵이었다. 아주머니는 명희와 용희에게 호빵을 하나씩 주었다.

호빵을 받아 들자 손바닥이 따끈따끈했다.

"고맙습니다."

"고맙습니다."

명희와 용희는 일어서서 인사를 했다.

"그래, 잘 먹고 들어가."

아주머니는 손을 흔들고 걸어갔다.

명희와 용희는 호빵을 먹기 시작했다.

하얀 껍질부터 조금씩 조금씩 떼어 가면서 먹었다.

반절쯤 먹었을 때였다.

명희는 뭔가 차가운 것이 뺨에 달라붙는 것을 느꼈다.

'응?'

명희는 고개를 들었다.

'눈이다!'

가로등 밑으로 하얀 눈송이들이 나풀나풀 날아들고 있었다.

"눈 온다!"

명희가 소리쳤다.

"정말?"

팥을 떼어 먹던 용희가 고개를 번쩍 들었다.

"와, 정말이네!"

용희가 일어서며 소리쳤다.

명희도 용희를 따라 일어났다.

명희와 용희는 후다닥 남은 호빵을 먹었다.

"첫눈이야!"

"와아, 쏟아지는데!"

굵은 눈송이가 탐스럽게 쏟아지고 있었다.

명희와 용희는 팔짝팔짝 뛰면서 날리는 눈송이를 잡았다.

둘은 한참 동안 그렇게 뛰었다.

뜨끈한 호빵을 먹고 뛰어서 그런지 추운 느낌이 사라졌다.

그렇게 뛰던 용희가 무슨 생각이 들었는지 시소로 달려
갔다. 용희는 시소 위를 두 손으로 죽 밀어서 눈을 모았다.

재빨리 눈을 뭉친 후 명희에게 던졌다. 피할 새가 없었
다. '픽' 눈송이가 명희의 가슴을 맞추고 부서졌다.

"아싸!"

용희가 주먹을 위아래로 흔들며 신나 했다.

"너어……"

명희도 시소로 달려가 눈을 뭉쳤다. 도망치는 용희의 등을 맞췄다.

"쌤통이다!"

"좋아!"

"그래, 해 보자!"

명희와 용희는 시소와 그네, 정글짐 사이를 이리저리 뛰면서 눈싸움을 했다.

한참 동안 그렇게 뛰었더니 숨이 가빴다.

"그만, 휴전! 누나야, 휴전하자."

용희가 더 힘이 든 것 같았다.

"그래."

명희와 용희는 멈춰 서서 숨을 골랐다.

아까보다는 약해졌지만, 여전히 탐스러운 눈송이가 휘날리고 있었다.

땀이 식으면서 조금 추운 느낌이 들었다.

"이제 그만 집에 갈까?"

명희는 고개를 돌려 용희를 보며 물었다.

역시 고개를 돌려 명희를 본 용희가 주저하다가 대답했다.

"쪼끔만, 쪼끔만 더 기다리자."

명희는 고개를 끄덕였다. 가자고 물었지만, 사실은 명희도 조금 더 기다릴 생각이었다.

아주머니가 준 호빵을 먹어서인지 배는 고프지 않았다.

"그래, 눈도 오고 그러니까 조금만 더 기다리자."

명희의 말에 용희가 씩 웃다가 부르르 몸을 떨었다.

"추워?"

"쪼끔."

"이리 와 봐."

용희가 명희에게 다가왔다.

명희는 팔을 뻗어 용희의 어깨를 감싸 주었다. 용희가 몸을 붙여 오면서 팔로 명희의 허리를 감쌌다.

그렇게 몸을 붙이고 있으니까 한결 따스했다.

눈송이들은 여전히 둥근 가로등 불빛 아래로 하얗게 날아들고 있었다.

나비처럼 날아온 눈이 명희와 용희의 머리 위에 어깨 위에 송이송이 내려앉고 있었다.

우편엽서

보내는 사람

이름

주소

☐☐☐ — ☐☐☐

받는 사람

우편요금
수취인후납
받는우편요금
2006. 1.1~2007. 12.31
서울 마포우체국
승인 제 933호

(주)문학과지성사 문지에이블 담당자 앞

서울 마포구 서교동 395-2

전화 (02)338-7224 팩스 (02)323-4180

인터넷 www.moonji.com

☐1☐2☐1☐ — ☐8☐4☐0☐

좋은 책을 열면 꿈이 피어납니다.

구입한 도서명:

이름 :

학교 : _____ 학년 ____ 반

성별 : 남/여   전화번호 : _____

정성껏 엽서를 작성해 주신 분 중 열 분을 매달 추첨하여 '문지아이들'의 신간 한 권을 보내 드립니다.

* 이 책을 어디에서 샀습니까?
1) 시내 대형 서점에서 2) 동네 서점에서
3) 어린이 책 전문 서점에서 4) 백화점에서 5) 기타

* 이 책을 어떻게 알게 되었습니까?
1) 광고를 보고 2) 다른 사람에게 듣고
3) 신문이나 잡지의 기사를 보고 4) 선물 받음 5) 기타

---

* 이 책에 대한 이견이 궁금합니다.
1) 표지 디자인과 보문 그림은?

2) 내용은?

3) 가격은?

* '문지아이들'에게 바라는 점을 말씀해 주세요.

* 집(학교)에서 보는 신문(잡지) 이름을 써 주세요.

* 가장 감명 깊게 읽은 책은 무엇인가요?

좋은 책은 열 편 꿈이 여남니다.